S0-ASJ-068

# Buenas noches, Gatito

# Nota

Una vez que el niño o la niña pueda reconocer e identificar las 16 palabras que se usan en este cuento, podrá leer todo el libro. Estas 16 palabras se repiten a lo largo del cuento para que los lectores jóvenes puedan reconocer las palabras fácilmente y comprender su significado.

Las 16 palabras usadas en este libro son:

| | | | |
|---|---|---|---|
| a | dijeron | jugar | noches |
| buenas | dijo | la | Papá |
| cama | dormir | Mamá | quiero |
| debes | Gatito | no | y |

Library of Congress Cataloging-in-Publication Data
Christensen, Nancy.
    Buenas noches, Gatito/escrito por Nancy Christensen; ilustrado por Dennis Hockerman. 32 p. 20 X 20 cm—(Ya sé leer)
    Traducción de: Good Night, Little Kitten.
    Resumen: Un gatito indispuesto resiste los esfuerzos de sus padres de hacer que se acueste.
      ISBN 0-516-35354-3
      ( 1. La hora de acostarse—Ficción. 2. Gatos—Ficción.)
I. Hockerman, Dennis, il. II. Título. III. Serie.
PZ7.C45264Go 1990
(E)—dc20                     90-30156
                                          CIP
                                          AC

# Buenas noches, Gatito

*Escrito por Nancy Christensen   Ilustrado por Dennis Hockerman*
*Versión en español de Lada Josefa Kratky*

**⟨P⟩ CHILDRENS PRESS ®**
**CHICAGO**

Spanish Version © 1990 Childrens Press®, Inc.
English Text © 1990 Nancy Hall, Inc. Illustrations © Dennis Hockerman.
All rights reserved. Published by Childrens Press®, Inc.
Printed in the United States of America. Published simultaneously in Canada.
Developed by Nancy Hall, Inc. Designed by Antler & Baldwin Design Group.

2 3 4 5 6 7 8 9 10 R 99 98 97 96 95 94

—Buenas noches, Gatito

—dijo Mamá.

—No quiero dormir

—dijo Gatito.

—Debes dormir

—dijo Mamá.

—Quiero jugar

—dijo Gatito.

—Buenas noches, Gatito

—dijo Papá.

—No quiero dormir

—dijo Gatito.

—A dormir

—dijo Papá.

—Quiero jugar

—dijo Gatito.

—¡A la cama!

—dijeron Mamá y Papá.

—Gatito...

25

—Gatito...

—Buenas noches, Gatito.